¿QUIEN ES TU DUEÑO?

J. Lee Porter
Ed Teja

Traducido al español por
Yubisnay Sánchez

Publicado por Nomadic Giant, LLC
www.nomadicgiant.com

Copyright 2018 por Nomadic Giant
Todos los derechos reservados

ISBN-13: 978-1-949063-15-8
ISBN-10: 1-949063-15-1

Langley, Virginia, EE. UU.

"La verdad no siempre bella, ni las palabras
hermosas son la verdad".
- Lao Tzu, Tao Te Ching

"¿Quieres que vaya de incógnito?" Tyler Blake miró a Ralph, su jefe. Se dio cuenta de que estaba parpadeando estúpidamente, pero luego, pensó que tenía que ser una broma. Él no era un espía. "Pero yo analizo el crimen de cuello blanco".

El hombre asintió e hizo que la grasa alrededor de su cuello se abultara. "Eso te hace perfecto para esta tarea. Tienes los conocimientos financieros y de la Información de la Tecnológica para entender la mierda criptográfica y esa será una parte importante del programa, y tal vez sus planes".

"Pero he estado trabajando en un escritorio desde que terminé el entrenamiento. No soy un operador de campo".

"Escucha, Blake, esta es la CIA, no un club social. Somos dueños de tu trasero, y esta es tu misión. Vas a pasar encubierto en esta conferencia de anarquía".

"¿Conferencia de anarquía? ¿Tienen conferencias?

"Anarcapulco, lo llaman. Creen que están siendo jodidamente listos porque están en Acapulco".

"Pero eso está en México. Eso está en suelo extranjero". De alguna manera, eso parecía empeorarlo, ser más peligroso. "¿Ya no tenemos personas capacitadas allí?"

"Claro. Pero nuestro agente en ese lugar tiene gripe. Necesitamos reemplazarlo".

"¿Tenemos un agente allí?"

Él rió. "Es jodidamente Acapulco, Blake. Por lo general, no es exactamente un semillero de actividades antigubernamentales, pero se espera que esta maldita conferencia de Anarcapulco tenga allí a un par de miles de anarquistas. Necesitamos ojos y oídos".

"¿Una convención anarquista? Eso no tiene sentido".

"Aún así, eso es lo que está pasando y los fanáticos políticos lo mezclarán con todos esos radicales de las criptomonedas que quieren destruir nuestra economía".

Tyler suspiró. Ralph tenía razón en que sus antecedentes le permitían entender las criptomonedas, pero probablemente no fuera una buena idea mencionar que él había invertido en ello la mayor parte de sus propios ahorros en los últimos años. Habían sido su refugio seguro desde que perdió el culo con la plata. Sabía que sería inútil explicar que nadie intentaba destruir nada, que era solo cuestión de que la vieja economía se volviera arcaica e inmanejable. Él suspiró. Al menos esa parte de la conferencia podría ser interesante. "Supongo que puedo ir, pero ¿qué esperas exactamente que haga?"

"Mézclate. Escudriña a los que parecen ser los cabecillas y descubre si están planeando algo".

"¿Planeando algo? ¿Cómo disturbios? La conferencia está en México, después de todo. ¿No es su problema?"

"Blake, esta mierda antigubernamental es global. El gobierno mexicano tampoco está encantado con estos hijos de puta, pero ellos necesitan los dólares de los turistas y estas personas son ricas, están ocupando un complejo turístico importante por una semana o más. Nosotros no vamos a detenerlos, pero no les importará que te dejemos allí para vigilar las cosas".

Parecía bastante fácil. "No se necesita *spycraft* real entonces".

"Olvídalo. Solo haz algunas conexiones y mantén tus oídos abiertos. ¿Qué tan difícil podría ser?"

# # #

Cuando Tyler llegó a casa del trabajo, Alice, su prometida, estaba allí, escuchando la radio. Un hombre estaba cantando letras en una melodía de blues familiar.

"Recibí las llaves del Ferrari,
Estoy cargado y listo para ir,
Voy a ser consumido, chica,
el límite de velocidad es demasiado lento".

Tyler se estremeció y luego lo apagó. Alice lo miró furiosa. "¿Por qué hiciste eso?"

"Es demasiado horrible. ¿Por qué ese hombre odia tanto a Brownie McGhee?"
"¿Quien?"

"Ese fue quien escribió la canción".

Ella se encogió de hombros. "Entonces este chico lo actualizó, supongo".

"¿Actualizado? La arruinó. ¿Por qué no puede escribir sus propias canciones para arruinarlas?"

"Es una estrella del rap", como si eso lo explicara. "¿Por qué estás de tan mal humor?"

"No lo estoy", dijo, a pesar de que sabía que lo estaba. Normalmente ignoraría el terrible gusto de Alice en la música, pero hoy no podía. Entonces él le dijo. "Me enviarán a México para un encargo".

"Muy bien", dijo, aplaudiendo.

"¿De Verdad?" Él le contó sobre la asignación y que lo enviarán a Acapulco. "Me iré por más de una semana".

"Fantástico."

"Pensé que estarías molesta".

"¿Por ir a un resort en Acapulco? Es Grandioso. Lo pasaremos genial".

"¿Nosotros? Yo iré a ver cuál es la versión de la CIA en un viaje de negocios".

"Aquí estamos hablando de Acapulco", dijo. "Yo voy. Tu habitación será pagada. Solo pagaríamos mi boleto aéreo y comida".

"Se supone que debo estar trabajando", dijo.

"Es una conferencia. Hablarás con la gente, beberás en el bar, cosas así. No interferiré con nada de eso. Yo estaría en la piscina o en el spa".

"Está en contra del protocolo", dijo. Incluso mientras lo decía, sabía que estaba poniendo excusas. La verdad era que él no quería que ella siguiera la corriente. "Se supone que debo ser discreto. No llevarás a tu novia cuando vayas de incógnito".

"Apuesto a que solo lo dices para no llevarme".

Sus palabras le dolieron, principalmente porque tenía razón. No quería llevarla. "Entonces, llama a Ralph y pregúntale si está bien que vayas. Si él está de acuerdo..."

"Tú pregúntale."

"No. Ya estoy en su lado malo ahora".

"Estás tan en su lado malo que te envía a un complejo turístico en México por una semana". Ella no compró su argumento en absoluto.

"Exactamente", dijo Tyler, sabiendo que una vez más, él y Alice estaban tácitamente de acuerdo en estar en desacuerdo. Ella no iba a perdonarlo pronto. A veces parecía que ella pensaba que porque se suponía que iban a casarse en unos meses ella sería su dueña. Eso fue molesto, pero de alguna manera no fue sorprendente. Necesitaba cambiar esa actitud como fuera. Quería una pareja, no una propietaria, sino cómo deshacer lo que dejase pasar.

Princess Mundo Imperial

HotelAcapulco, Mexico

"Sí, soy 100% anarquista. Para mí, la anarquía es una creencia de que todas las transacciones, todas las actividades, deben ser voluntarias. Es una filosofía pacífica de no forzar a nadie a hacer nada y no permitir que nadie más te obligue a hacer cualquier cosa."
- Jeff Berwick

Tyler Blake estaba de pie en el vestíbulo frente al salón principal del Princess Mundo International Hotel en Acapulco y se rió. "Simplemente mézclate con la multitud y atento a lo que puedas aprender", había dicho su jefe.

Miró a las personas que lo rodeaban y se preguntó con qué grupo se suponía que debía mezclarse. Había hombres y mujeres en trajes de negocios, que parecían haber venido de las empresas norteamericanas y otros vestidos de traje que tenían un aire más académico; había refugiados de la playa con pantalones cortos y camisetas, dos mujeres esbeltas con vestidos y tacones de plataforma que fumaban cigarrillos y miraban a la multitud como si hubieran sido atrapadas en una discoteca en alguna parte, y un tipo vestido con un sarong estampado de arco iris cosa que mostraba brazos y piernas increíblemente flacos. Estaban otros vestidos con un extraño surtido de regalos de vendedores: camisetas con logotipos de empresas, sombreros...

De hecho, se mezcló entre la multitud.

Tyler había elegido un camino intermedio, vestido con una camisa de manga corta y pantalones cargo. Había esperado pasar desapercibido, pero nadie lo estaba. Cuando comenzó a tratar con la multitud, presentándose brevemente, charlando con la gente, descubrió que la forma en que estaba vestido no parecía importarle a ninguno de ellos. Y eran un grupo mixto... granjeros y empresarios que habían invertido en criptomonedas, propietarios de empresas interesados en reducir las regulaciones, teóricos de la conspiración, personas contra la vacuna... una extraña mezcla de verdaderos creyentes de todo tipo. Mientras miraba la literatura y escuchaba a escondidas, estaba claro que los asistentes a la conferencia de Anarcapulco solo estaban unidos de una o dos maneras: les molestaba la interferencia del gobierno en sus vidas y habían venido a la fiesta.

A lo largo de ambos lados del pasillo, los vendedores repartieron literatura y hablaron sobre sus productos. La literatura era a menudo sobre artículos políticos, principalmente antisocialistas, que, según este grupo, parecían incluir una variedad de programas del gobierno de EE. UU.; los productos estaban asociados principalmente con la criptomoneda de una forma u otra. Una nueva cripto ligada a la plata compitió por la atención con una que prometía comunicaciones seguras. Otro vendedor vendió billeteras de hardware.

"Cáñamo y aceite de Cannabidiol-CBD", dijo un tipo de pelo largo que parecía haber aparecido desde los años sesenta, señalando literatura sobre su mesa. "Es un analgésico derivado del cannabis. El gobierno no quiere que sepan que son buenos para las personas y el medio ambiente". Este tipo, al menos, era más de lo que Tyler había esperado.

"Puedo comprar eso legalmente", señaló.

"Claro, pero los precios son jodidos por la regulación gubernamental. Las personas que necesitan aceite de CBD no pueden pagarlo".

"¿Quieres subsidiarlo?"

El hombre se rió. "Correcto. Esa es una solución del gobierno, amigo. Simplemente libérenlo". Agitó sus brazos para indicar un pájaro volando.

Tyler notó una cara familiar en un hombre de pie junto a él. Él se volvió y tendió una mano. "Mike Maloney, ¿verdad?" El hombre asintió y tomó su mano. "Me ayudaste a entender el peligro de la moneda fiduciaria".

"Me alegro de poder ayudar", dijo.

"Me metí en la plata y seguí comprando. Por supuesto, a $ 45 por onza, perdí un bulto".

Maloney se rió. "¿Quién no? Cuando hay manipulación del mercado, las mejores teorías se desmoronan".

"Eso lo hacen".

Otras personas se acercaron, llamando la atención de Mike Maloney y Tyler se paseó, preguntándose por la gente increíble que estaba allí. Vio a Roger Ver, cuyos videos lo habían convencido de probar la criptomoneda cuando la plata y Bitcoin eran inversiones de $ 23, al igual que otro defensor de metales preciosos que estaba mirando más de cerca la criptomoneda, David Morgan del Informe Morgan.

Dentro del salón, donde se estaban dando los discursos, encontró más mesas, más vendedores. Una compañía canadiense que extraía oro en México, Mexican Gold Corporation tenía una mesa frente a una compañía que usaba computadoras para extraer criptografía que anunciaba una nueva instalación en Islandia. Otra empresa de bienestar, se centró en las cosas que los gobiernos estaban haciendo para el suministro de agua, vendió sistemas de filtración y distribuyó información sobre los peligros del flúor.

Algo de esto parecía estar más allá de Tyler, pero era inofensivo y Ralph había dejado en claro que no estaba allí para aprender sobre lo inofensivo. Quería la primicia sobre conspiraciones y fraudes.

"El fraude internacional, la mayor parte digital, está creciendo, Tyler", había dicho su jefe. "Esta conferencia está poniendo en contacto a los políticos locos con los tipos que están presionando la tecnología de manera que no podemos controlarlo. Quiero saber de qué están hablando y quién está hablando más fuerte".

"¿La agencia ya no controla a todas estas personas?" preguntó.

"Mierda, sí. Y la charla está por todos lados. Pero tienen antecedentes financieros y tecnológicos—lo suficiente como para captar los hilos de las cosas y ver a dónde conducen. Necesitas identificar las palabras claves, los conceptos claves que necesitamos para buscar".

Así que, aquí estaba Tyler, quedándose en un resort cinco estrellas con el centavo de los contribuyentes, tratando de filtrar el caos de quejas sobre la intervención del gobierno. No se le escapó la ironía de que, sin los anarquistas, estaría en su casa, lidiando con la nieve en la invernal Virginia.

La parte difícil de su trabajo ciertamente no fue encontrar conversaciones sospechosas. Demonios, los "complots", como los vio su jefe en Langley, estaban por todos lados. Todo lo que tenía que hacer para involucrarse en las discusiones de intriga política era saludar en un bar. El problema era... que la mayoría de los esquemas que escuchó o que le dijeron directamente no eran, de ninguna manera, de fondo o forma, ilegales. Para algunas de las cosas que estaban surgiendo, como la miríada de aplicaciones de tokens y blockchain, no había ninguna ley concerniente a ellas en absoluto.

La gente del *Internal Revenue Service* (IRS) podría verlos como una forma de evitar los impuestos, pero incluso ellos no habían acordado una definición clara de qué era la criptomoneda: valores, bienes inmuebles o dinero. Entonces, no había mucho que reportar.

Además, a Ralph le preocupaban principalmente los políticos, los radicales que querían viajar sin pasaporte u otras cosas nefastas. Sin embargo, mientras asistía a conferencias, mientras bebía con la gente en el bar durante los descansos, comenzó a darse cuenta de que, casi sin excepción, los "anarquistas" con los que se estaba reuniendo no estaban tramando nada. Estaban individualmente y, a veces colectivamente, buscando formas de quedarse solos. Algunos de los métodos pueden ser incompletos, o incluso marginalmente legales, pero no hubo intención de insurrección.

"Blockchain nos libera del control central del gobierno", le dijeron las personas de las comunicaciones. Si bien Ralph y sus superiores temerían eso, y ciertamente lo odiarían, difícilmente sería una revolución. Más que esquivar las cosas, como abandonar y mudarse a Tahití sin decírselo a nadie.

Tyler descubrió que le gustaba esta gente. Bueno, algunos eran locos por supuesto, pero inofensivos. Muchos eran buenos empresarios tratando de ganar dinero, y parecían estar haciendo eso. Y los vendedores eran como vendedores en cualquier lugar. Tenían un producto que pensaban adecuado para cualquier demografía que fuera.

Una vendedora, en particular, llamó su atención. Dos mujeres atractivas estaban corriendo a una cabina con camisetas negras que decían "*DateChain*" en ellas. Asi fue como aprendió que es una *startup* (un negocio que recién comienza).

"Estamos teniendo nuestra Oferta Inicial de Monedas en un par de meses", le dijo una mujer morena. Ella tenía una etiqueta que decía 'Tara' y parecía tener poco más de veinte años o treinta y pocos.

"¿Oferta de monedas?"

"Estamos usando *blockchain* para proporcionar un servicio seguro de acompañantes", dijo ella, sonando muy práctica.

"¿Servicio de acompañantes?" Eso lo tomó por sorpresa.

Ella asintió. "En todo el mundo."

"Pero eso es ilegal", dijo.

Ella rió. "Debes ser estadounidense. En muchos lugares es una actividad perfectamente legal", dijo con una sonrisa. "En otros, solo la solicitud es ilegal, no la prostitución".

"Pero tu sitio web..."

"No estamos ubicados en ningún país. Estamos en el *blockchain*".

"Pero tienes que estar en alguna parte".

"Claro. Pero hay países donde tanto la prostitución como la criptomoneda son reconocidas y permitidas. Ahí es donde están nuestros servidores, y ahí es donde estamos".

Tyler se rascó la cabeza. "Pero..."

Ella le entregó un folleto. "Visite el sitio web del inversionista y léalo. Piense en la compañía y vuelva con cualquier pregunta". Ella le entregó una tarjeta de presentación. "Tara Hutchins, presidenta, *DateChain*".

Tyler la miró. "¿Es tu compañía?"

"En parte, soy fundadora y presidenta".

"Eso es sorprendente", dijo.

"¿Por qué? No debería ser. Las Damas de Compañía deben ser personas de negocios".

Eso tiene mucho sentido. "Pero una compañía es bastante visible, ¿no es así? Pensé que querría mantenerse por debajo del radar". Radar, es decir, personas como él a quienes les pagaron por avisar.

Ella se encogió de hombros. "Estamos cambiando las cosas. Afirmando nuestros derechos".

"¿Sus derechos?"

"El derecho a la propiedad de nuestros cuerpos y vidas. ¿Por qué debería un gobierno tener el derecho de decir lo que un individuo libre hace con su propio cuerpo? Permiten que la gente se ponga en un ring y se golpee los sesos en *pay-per-view*; la gente puede atornillar sus sesos y está bien, pero si una mujer o un hombre quiere pagar para proporcionarle a su cuerpo otro placer sexual humano, algunos gobiernos piensan que tienen el derecho de prevenir eso, de hacerlo contra la ley. La mayoría esclaviza a la minoría".

"¿Entonces es una declaración política?"

"Es un negocio, pero tiene una implicación política inherente en casi todos los negocios. En este caso, es la idea de que las personas se apropien de sí mismas. Nuestra empresa ayuda a las Damas de Compañía a trabajar de forma segura. Estamos haciendo esto por nosotras mismas".

"¿Nosotras?"

Ella sonrió. "Soy una Dama de Compañía ", dijo ella.

Por razones que no entendió, su respuesta lo dejó atónito.

#

De vuelta en su habitación, Tyler Blake tomó el consejo de Tara. Era un analista y ella le había dado mucho para analizar. Abrió su computadora portátil para investigar su Oferta Inicial de Monedas, pero antes de que pudiera ir al sitio web, vio que tenía un correo electrónico de su jefe.

"¿Encontraste algo para informar?" pregunto.

Él golpeó la respuesta. "Conocí a mucha gente a la que no le gusta estar regulada de ninguna manera, y algunas personas de muy nueva era que salvan al mundo con yoga. No hay mucho más". Luego presionó responder. Sabía que eso inspiraría una respuesta agria que le ordenara profundizar más en su país, pero eso estaba bien. Él podría ignorarlo.

También había un correo electrónico de Alice, pero no estaba de humor para leerlo. Tal vez lo revisaría más tarde.

Fue al sitio web de *DateChain* y comenzó a leer. No le había prestado mucha atención a las Ofertas Iniciales de Monedas en general. De hecho, se dio cuenta de que no sabía nada de ellas. Necesitaba a alguien que lo ayudara a entender por qué estaban sucediendo, apareciendo en el paisaje financiero como flores silvestres. Ciertamente estaban vinculadas con las compañías que usaban *blockchain* para hacer negocios, pero una Oferta de Monedas no era esencial para hacer eso.

Dado que el complejo estaba infectado de expertos habladores, Tyler bajó las escaleras para encontrar uno. Entró en el Starbucks, tomó un café y lo llevó afuera al corredor, donde había sillas y mesas donde pequeños grupos de personas que hablaban mientras disfrutaban de su café y pasteles o sándwiches. Reconoció a un chico joven que había visto en el stand de una de las compañías de bienestar que de alguna manera estaba involucrada con *blockchain*. Mientras caminaba hacia la mesa, el hombre le sonrió y señaló una silla vacía. "¿Cómo te va?"

"Me estoy poniendo un poco confundido por toda la terminología", le dijo Tyler mientras se sentaba, agradecido de que el hombre le hubiera ahorrado el problema de curiosear. "Su empresa, por ejemplo... va a tener una Oferta Inicial de monedas".

"Está bien."

"¿Por qué no una Oferta Pública Inicial? Ellas son bien entendidas por los inversores".

El hombre sonrió. "Porque cuando tienes una Oferta Pública Inicial la tienes en un país e inmediatamente te comprometes con todas sus reglas y regulaciones sobre valores. Con una OIM estamos libres de eso. Y por qué una compañía que fabrica camisetas en Guatemala y las vende en Ecuador no quiere cargar con eso, o con los impuestos de EE. UU., Si sigue su lógica y va donde están los inversores".

"Está bien, puedo ver eso. Evasión de impuestos y regulación".

El hombre sonrió. "Además, ¿quién gana dinero en una Oferta Pública Inicial? En su mayoría, va a los abogados y al banco que lo suscribe. Y los pequeños inversores quedan excluidos de la acción".

"La idea es proteger a todos los involucrados", dijo Tyler.

El hombre se rió. "Entonces, ¿al mismo gobierno que no le importa si pierde la mitad de su sueldo en impuestos y se juega el resto en Las Vegas siente la necesidad de protegerlo de entrar en la etapa inicial de una inversión que sus instintos le dicen que es una gran oportunidad?"

Tyler se rió. "Esa no es la intención, sospecho".

"En el mejor de los casos, lo único que hace es proteger a los pobres mientras que permite a los ricos la primera oportunidad de obtener dinero real. Proteger a las personas de los riesgos también las protege de las recompensas. Entonces, en nuestro caso, creemos que las personas promedio verán valor en nuestra compañía, y ese valor puede ser mayor sin la interferencia del gobierno. La única manera que conozco de permitir inversiones y seguir siendo gratis es a través de una OIM. Y como beneficio adicional, compañías como la nuestra, está protegida contra el fracaso de una moneda fiduciaria".

"Un pequeño inversor puede comprar plata u oro", señaló Tyler. Ofrecen protección".

"Solo si el gobierno no lo confisca".

"¿Por qué harían eso?"

"La razón no es importante, no es tan importante como el hecho de que hayan hecho eso antes".

"¿Cuando?"

"En 1933. Bajo la Orden ejecutiva 6102. Franklin D. Roosevelt decidió que el acaparamiento de metales preciosos empeoraba la recesión. Eso fue todo lo que necesitó. Lo implementó bajo la Ley de Comercio con el Enemigo de 1917. Por lo tanto, pensar que no lo harían es una tontería. Una mejor jugada es invertir en compañías mineras fuera de los EE.UU. Hay algunos aquí, y otros que están verdaderamente descentralizados. Incluso si el esfuerzo para suprimir esto se hizo global, si quieren tratar de confiscar una criptomoneda descentralizada real, la mejor de las suertes para ellos. Si persiguen a los propietarios, sería como tratar de detener el humo".

Mientras pensaba en lo que dijo el hombre, el teléfono celular de Tyler emitió un pitido. Lo miró y vio una alerta meteorológica inclemente. "Macizo de nieve masivo cubre Virginia". Lo limpió y vio la página de inicio con una foto del sol, y la nota de que estaba a 25,5 grados en Acapulco.

"¿Problemas?" Preguntó el hombre.

"Solo el frío que golpea duramente a Virginia y me alegra estar aquí".

"Guau, Virginia. El hogar de la CIA." Tyler se estremeció. "Me hace pensar", dijo el hombre... "una conferencia está sucediendo... ¿cuántos federales crees que han enviado para hacer un seguimiento de nosotros?"

De repente Tyler se tensó. "¿Qué te hace pensar que enviaron federales aquí?"

"Siempre odian lo que no controlan", dijo el hombre. "Quiero decir, piensan en el hecho de que lo que estamos haciendo no es legal o ilegal. Es algo nuevo, algo que no entienden. Como dije, tendrán las manos ocupadas tratando de evitar que las criptomonedas y los negocios basados en *blockchain* se hagan cargo. Ellos tienen que saber eso. Así que supongo que las personas que todavía pagan impuestos están financiando un montón de zapatos negros para venir a divertirse bajo el sol, y no hay nada útil que puedan aprender".

Tyler llevaba sandalias y todavía tenía que resistirse a mirar sus propios pies. "Bueno, sí recopilan datos".

"Y siéntate con nosotros, aquí las personas estamos tratando de hacer negocios con nuestra propia moneda, o entender los matices y los acontecimientos. Como tú. Ellos envían espías que no pueden permitirse quedarse aquí, les pagan todo, para escuchar a personas y contribuyentes que tienen discusiones honestas".

La verdad golpeó a su puerta e hizo que Tyler se sintiera incómodo. El hombre estaba compartiendo información abiertamente. Todos aquí lo hacían. Terminó su café. "Bueno, gracias por la instrucción. No pensé en muchas de esas cosas antes".

El hombre le entregó una tarjeta. "La información del inversor está en el sitio web si usted decide que podría estar más seguro con nosotros que en moneda fiduciaria".

Tyler se lo metió en el bolsillo. "Bueno, definitivamente tomaré eso bajo consideración".

Con nuevas ideas dando vueltas en su cabeza, Tyler regresó a su habitación e ingresó nuevamente al sitio web de *DateChain*. Leyó con su habitual minuciosidad y quedó impresionado. El Acuerdo era increíblemente profesional, aunque pensó que como parte del lado oscuro del comercio parecía incongruente, y simplemente extraño. Aunque menciona a las Damas de Compañía que prestan el servicio para sus clientes, deja los detalles a la imaginación del lector. El acuerdo se basaba en cómo la plataforma actuaría de intermediaria, una intermediaria que aseguraba un buen servicio al cliente, una experiencia de calidad. Los clientes tenían que crear un perfil y pagar en criptomoneda o efectivo. El servicio proporcionaba un libro de citas, muy parecido al de los principales servicios de citas, donde un cliente podía conocer posibles acompañantes en el área.

La página más destacable, para Tyler, fue la escrita para explicar a las Acompañantes cómo registrarse y usar el servicio. Debían demostrar que tenían más de diecinueve años para asegurarse de que no había tráfico sexual. Luego crearse un perfil e incluir sus especialidades. Podrían ver las calificaciones de los clientes proporcionadas por otras acompañantes y había múltiples niveles de evaluaciones de los clientes que podían elegir.

La palabra clave que él veía repetida era 'elección'. Las conferencias sobre el libertarismo eran, naturalmente, sobre la libertad de elección, y ahora él comenzó a ver por qué Tara y su compañía estaban aquí en esta conferencia. Había comenzado a ver que atractivo sería para los inversores que buscaban tanto la innovación como la oportunidad de trabajar en las sombras. Esta propuesta empresarial tenía una dimensión política definida: la compañía tenía la intención de trabajar en torno a las leyes de las naciones individuales.

La forma en que se movían era inteligente. Claramente, el mismo enfoque funcionaría para tantas cosas donde el crimen era relativo—la idea de algo ilegal era una proposición nacional, regional o incluso local, no algo así como un asesinato que podría ser universalmente desaprobado. Con tantos lugares legalizando la marihuana y la red de acuerdos fiscales globales tan complejos, este era terreno fértil. Esto, Tyler estaba seguro, era lo que desconcertaba a las autoridades y era exactamente el tipo de cosas que su propio jefe quería escuchar.

El truco era que la empresa, su conformación, era perfectamente legal y, a menos que llevaran a cabo negocios donde era ilegal, no había mucho que un gobierno pudiera hacer al respecto; incluso entonces solo podían enjuiciar las actividades ilegales en su propia área.

Claramente, las mujeres que se estaban inscribiendo estaban tratando su cuerpo como un negocio. Y las que ya estaban en el sitio, como ejemplo, eran hermosas.

Al día siguiente cuando llegó a su mesa en la sala de conferencias, Tyler tenía varias preguntas zumbando en su cabeza. "Has hecho un trabajo tan exhaustivo de investigación y planificación... ¿por qué no utilizar este modelo para un negocio que no infringe las leyes locales?" preguntó.

Tara se rió. "Nombra un negocio que no esté en conflicto con las leyes y regulaciones locales. La mayoría lo considera como el costo para hacer negocios. Piensa en las batallas legales que enfrentan Amazon y Google en Europa y China. Preferimos estar más fuera del radar y descentralizados. De esa manera ningún gobierno puede exigir que defendamos lo que estamos haciendo, que es simplemente comercializar algo que poseemos".

"¿Y las Damas de Compañía que se unen a tu servicio se sienten así?"

"No lo sabría", dijo ella. "Me imagino que algunos de ellos solo nos ven como una forma de llegar a la clientela correcta y, por cierto, mantener una mayor parte de la tarifa que negocia. Tomamos una tarifa de transacción, no el gran corte que exige un chulo o servicio de acompañamiento. La persona tendrá sus propias razones, su propia filosofía. No nos importa lo que sea, siempre y cuando se apeguen a nuestros estándares y nuestras prácticas comerciales".

"Estoy tratando de entender", dijo.

La habitación estaba silenciosa por el momento. Tara se volvió hacia la otra mujer, Eileen. "Tomaré un descanso." La mujer asintió. "Vamos a beber un café", le dijo a Tyler.

La oferta lo sorprendió, pero constantemente fue sorprendido en esta multitud. Había esperado que lo trataran como a un extraño, que nadie le hablara en serio hasta que de alguna manera se hubiera probado a sí mismo. Esa era la forma en que operaban los grupos encubiertos. En vez de eso, era más común que un tipo de negocios subiera, le ofreciera una cerveza y gritara "Oye, jodes al gobierno, ¿verdad?"

Tenía la cabeza nadando.

Siguió a Tara a un restaurante buffet al aire libre donde tomaron una mesa al sol y pidieron café. Nerviosos mirlos daban vueltas, acechaban en las sombrillas de las mesas cercanas y hacían incursiones para atacar platos desprotegidos y regresar con pedacitos de pan, fruta o pasteles. Parecían bien alimentados.

"¿Por qué estás aquí, en esta conferencia?" ella le preguntó.

La pregunta lo sorprendió y su cuerpo se tensó. ¿Estaba ella sobre él? ¿Su ingenuo interrogatorio había salido de su escondite?

"Para aprender", dijo. "He escuchado mucho sobre este movimiento".

Ella rió. "No hay movimiento".

"¿No? Consigues mil quinientas personas para ir a México a hablar de política y tecnología y no hay agenda".

Ella se encogió de hombros y puso edulcorante en su taza. Él observó sus dedos largos sosteniendo la cuchara mientras ella la revolvía. Algo en la imagen lo transfiguró y le tomó un momento darse cuenta de que estaba tratando de conciliar la idea de que esta mujer con la que estaba hablando era una acompañante y una emprendedora. En realidad, estaba tratando de reconciliar sus ideas preconcebidas sobre ambas. No conocía a ningún empresario, y dudaba que conociera Damas de Compañía. Él nunca había contratado una.

"¿Las personas que van a la computadora muestran un movimiento?" ella preguntó. "¿Las personas que comparten una idea son necesariamente un movimiento? No parece inherente a la celebración de una convención. Estoy aquí porque es más probable que estas personas apoyen a mi empresa que los inversores en general, y un buen número de las personas que asisten a la función son increíblemente ricos. Las otras personas están aquí por la misma razón: si quieres aprender sobre los principios o las teorías que la gente defiende, harías mejor en quedarte en casa y leer sus libros y mirar sus videos. Ellos están contentos de contarle a cualquiera que lo haga. Escucha lo que representan y por qué".

Ella se recostó y probó el café. "Deberías ir al Starbucks al lado del vestíbulo principal", dijo. "Esto es débil".

Tyler la miró, preguntándose. Ella lo hizo sonar tan simple. "Está bien, olvida los otros y las agendas políticas por el momento", dijo. Al oírse a sí mismo hablando, se dio cuenta que estaba alejándose de la misión para la que había sido enviado. Tara y su compañía eventualmente se enredarían con la policía, y tal vez los criminales estuvieran involucrados en la operación, pero él estaba buscando redes de radicales, operativos. Esto era solo su propia curiosidad.

"Hay un tema para los motivos de la mayoría de las personas que vienen aquí", dijo. "Incluyendo el mío. Estoy haciendo lo que sea necesario para liberarme a mí y a las otras damas de compañía del control de proxenetas, organizaciones criminales, en las que se incluyo a los gobiernos". Ella se señaló a sí misma. "Este es mi cuerpo. Como te dije antes, no está bien que tengan algo que decir sobre cómo lo uso. Si quiero monetizar el sexo, vender mi cuerpo, eso es entre mí y mi cliente. La compañía hace que sea posible hacerlo de manera más segura y sin sobornar a policías u otros ladrones".

"Si no lo supiera mejor, diría que eras un poco cínica con la policía".

"No han hecho mucho para facilitarme la vida, Tyler. Tienden a pensar que son dueños de otras personas, al igual que otras personas con autoridad. No todas, pero sí lo suficiente. Es la forma en que se les enseña".

Él volvió la conversación a su negocio, todavía curioso. Cuanto más aprendía Tyler, más lo intrigaba el modelo comercial.

Ella rió. "Estás decidiendo si invertir o no, o estás pensando en postularte para un trabajo".

Él se unió su risa. "Probablemente suene así".

"Bueno, si es lo tuyo, y tus preguntas sobre asuntos financieros me hacen pensar que podría ser así, quiero que sepas que necesitamos un nuevo director financiero para *DateChain*. La mujer que actúa como nuestra DF en este momento sólo cumple medio tiempo. Ella tiene un trabajo de tiempo completo en un banco de inversión. Eso funcionó bien hasta ahora, pero en este punto de nuestra hoja de ruta los inversionistas quieren ver un verdadero personal. Si crees que estás buscando una nueva oportunidad y un desafío, envíame tu currículum. Como podrás imaginar, nos esperan algunos años desafiantes".

Dos cosas sobre esa declaración sorprendieron a Tyler. La primera fue que alguien que estaba arriba en la cadena alimentaria financiera había estado trabajando con la compañía de Tara, incluso ayudando. El segundo fue que se encontró realmente considerándolo por un momento, imaginándose a sí mismo unido a esta compañía, financieramente. Qué desafío sería, y su experiencia con los sistemas monetarios internacionales, estudiando los pormenores de las transferencias financieras, lo convirtió en un candidato ideal.

Y Tara hablaba en serio. Ella lo estaba mirando, esperando una respuesta.

"Yo..." antes de decir las palabras, fue asaltado por un gran trozo de mierda de pájaro que aterrizó en la pierna de sus pantalones cortos. "Maldición", dijo, agarrando una servilleta y limpiándola, en su mayor parte extendiéndola. "Voy a tener que cambiarme de ropa".

Tara se estaba riendo. "Esto no tiene precio", dijo. "Escucha, me voy en una hora. Ya hemos revisado y necesitamos regresar y resolver algunas cosas". Ella se puso de pie y puso una mano sobre la suya. Se sentó allí, ligera, cálida, enviando un hormigueo a través de él. "Llenar este cargo es importante, así que si crees que puedes estar en lo correcto y te interesa, ponte en contacto. Si conoces a alguien más, haz que se pongan en contacto conmigo".

Luego ella se fue. Tyler cargó la cuenta en la factura de su habitación, divertido con la idea de que la CIA pagara su café, luego se fue a su habitación y se cambió. Cuando volvió a la conferencia fue con más preguntas que nunca, y pocas, si acaso alguna, tenían que ver con el descubrimiento de ataques terroristas o ataques a la república que era los Estados Unidos de América.

En el descanso, vio a Jeff Berwick, el fundador de The Dollar Vigilante, los organizadores de la conferencia. Se acercó a él y le estrechó la mano. "Soy nuevo en esto, señor Berwick, pero es una conferencia impresionante".

"Lo es", dijo Berwick, obviamente complacido. "Está creciendo locamente. Nunca lo imaginé tan grande y el próximo año será más grande".

# # #

En el vuelo de regreso a Virginia, Tyler se encontró digiriendo todo lo que había visto y oído. Tendría que hacer un informe detallado, y los poderes estarían descontentos porque no había descubierto algún grupo que planeara una revuelta armada, por lo que lo interrogarían.

Y cuando todo terminara, lo enviarían de vuelta a revisar los intercambios bursátiles, las hojas de cálculo y las transferencias bancarias, buscando la evidencia del dinero que se usa para financiar las células terroristas. Se sentó en el asiento, mirando nubes blancas hinchadas en un cielo azul claro y, por primera vez, pensó en las personas a las que pertenecían los registros. Estaba haciendo una carrera al fisgonear en lo que en gran parte eran transacciones legítimas, los registros financieros de personas que no habían hecho nada malo. No había 'presunta inocencia' en su oficina. Todo era sospechoso hasta que se demostrara lo contrario.

Su avión aterrizó a tiempo, y durante el viaje en taxi desde el aeropuerto, pensó en la gente que había conocido. Habían sido una muestra representativa de personas, de todos los ámbitos de la vida, que intentaban hacer valer su derecho a ser libres. A través de la acción política, al hacerse cargo de su propio futuro financiero; a través de comer bien y pagando la atención para el bienestar, se apropiaron de sus vidas.

Y él era el enemigo—de su independencia, de su seguridad financiera, de su libertad para vivir sin escrutinio.

Langley, Virginia, EE. UU.

Cuando llegó a casa, encontró a Alice esperándolo. Su expresión le dijo que su bienvenida sería exactamente lo que esperaba, temía. Ella se había enojado cuando se fue, y su enojo por haber sido dejada atrás no había disminuido. No ayudaba que él hubiera ignorado sus mensajes. En el contexto de esa conferencia, él no se atrevió a tratar con ellos, con sus problemas. Demasiadas ideas nuevas habían estado explotando en su cabeza para lidiar con el equipaje viejo.

"Espero que tengas la intención de invitarme a cenar", dijo. "Me debes."

"¿Por qué es eso?" preguntó. Por una vez, su enérgica afirmación no lo molestó. Lo encontró extraño e ilógico. "Suponiendo que pasé un gran momento en México mientras lidiaste con una tormenta de nieve, ¿por qué eso significa que te debo algo?"

"Porque..." No pudo terminar el pensamiento. Finalmente, se le ocurrió una idea. "Porque soy tu prometida".

"Te sacaré", le dijo, "porque quiero comer fuera y tú también. No acepto que te deba una cena o cualquier otra cosa".

Ella estaba en silencio, pero algo en sus ojos le dijo que no estaba satisfecha con su actitud. En algún punto, la relación con ella había ido terriblemente mal; solo ahora comenzó a entender de qué se trataba. "Estás enojada conmigo", dijo.

"Herida y molesta. No estoy loca. No actúas como si me amaras".

"Hacer lo que alguien te dice porque tienes miedo de molestarlos no es amor. Exigir que otra persona piense solo en tu felicidad, incluso cuando les cueste la suya, tampoco es un acto de amor".

"Te fuiste sin mí".

"Sí, lo hice."

Su mirada cambió a confusión y él supo que estaba herida. No quería herir deliberadamente sus sentimientos, pero ya no iba a dejar que ella dictara cómo sentirse y qué hacer. Y, si estaba dolida, al menos la mantuvo callada esa noche.

Cuando volvieron al apartamento esa noche, ella se acercó a él, usando la tarjeta de sexo. Debido a que la idea lo complació, él le hizo el amor, pero lo encontró notablemente insatisfactorio.

Toda su existencia con Alice fue insatisfactoria y vio que no era nada que hubiera buscado; él solo dejaría que sucediera, lo dejaría evolucionar. Eso tenía que cambiar.

A la mañana siguiente se enteró de que su jefe Ralph estaba tan decepcionado con él como Alice. "Me trajiste una mierda", dijo. "No hay nada procesable en nada de esto".

"¿Se suponía que debía inventar algo? Ninguna de las personas con las que hablé o escuché quería hacer algo para dañar al gobierno de los EE. UU. Lo máximo que querían era encontrar formas de retirarse de su control, afirmar que se habían apropiado de sus propias vidas"

"¿Y cómo se supone que una república funcionará si todos hacen eso? Eso socava el sistema".

"El hecho es que no jugar no es ilegal. Si alguien va a Amsterdam y fuma marihuana, no es ilegal".

La cara de Ralph se puso roja. "Maldita sea, ya sabes a qué me refiero".

Tyler lo miró. "En realidad, Ralph, no creo que lo haga. De hecho, no estoy seguro de que sepas a qué te refieres. Entiendo que estés frustrado porque estas personas no están haciendo nada ilegal para lograr un objetivo al que te opones, pero no veo lo que se supone que debemos hacer al respecto".

"No somos policías, Tyler. No hacemos cumplir las leyes. A veces las rompemos para mantener a salvo a este país".

La idea lo sobresaltó. "¿En serio? ¿Entonces para quién lo mantenemos a salvo? Las personas en las que quieres que encuentre cosas también son ciudadanos. Si tenemos una democracia y todos votaron para abolir el gobierno, entonces desde un punto de vista legal, esa es la voluntad de las personas y estaríamos sin trabajo".

"Esto es la retórica política sólo hiperbólica", dijo Ralph. "Simplemente quieren ejecutar cosas".

"¿Te refieres a los demócratas y los republicanos?"

"No seas sabio, Blake. Tu carrera está en el hielo fino como está. Ve a escribir un informe completo y dame algo que pueda usar o estarás contando clips para los próximos 20 años si tienes un trabajo en absoluto".

De vuelta en su escritorio, Tyler sacó sus notas y las leyó. Había cosas que podía sacar de contexto que agradarían a su jefe, pero mientras las leía, se imaginaba a las personas que estaban hablando, recordaba quiénes y qué eran. Ralph quería que construyera un contexto que les permitiera ser investigados. Eso también tuvo que cambiar.

Encendió su computadora y tipeó: "Informe sobre Anarcapulco 2018. Conocí a gente fascinante. Pasé un buen rato. Bebí demasiado. El discurso de Ron Paul fue muy bueno y probablemente bastante subversivo, aunque todo lo que dijo ya está en sus libros. El complejo era encantador, pero demasiado caro y el viaje fue un desperdicio de dinero de los contribuyentes".

En la parte inferior, tipeó: "P.D.: los dejo".

Cogió su teléfono personal y marcó un número que había memorizado. "Hola, Tara, es Tyler Blake... de la conferencia".

"Bueno, bueno. Eso fue rápido". Ella sonaba feliz de saber de él.

"Acabo de enviarle mi currículum. Me gustaría hablar sobre el trabajo de DF que mencionó".

"En realidad, lo estoy leyendo ahora, Tyler. Muy, muy interesante. Dado su empleo actual, ahora entiendo por qué estaba interesado en los movimientos que podrían encontrarse en México".

"Y aprendí que no había ninguno".

"¿No? Pareces sentirte diferente en México".

"No hubo ninguno de los tipos que me enviaron a buscar. Ninguno de los cuales merece la pena mencionar en mi informe. Como resultado de ese informe, debo advertirte que es probable que mi empleador actual no me recomiende. Solo me retiraré."

Ella rió. "No les gustó lo que aprendiste".

"No en lo más mínimo. Esperaban ciertos resultados y yo no los obtuve".

"Bueno, no es probable que llamen de recursos humanos a Langley para solicitar una referencia. Pero, ¿qué sucede si no te contratan? Siento que te llevado por mal camino".

"De ninguna manera. Si esto no funciona, tendré que tomar mi libertad en otro lugar. Hay muchas startups. "Ninguna tan interesante para mí como la tuya ".

¿Qué hace a mi compañía tan atractiva?".

"Creo que los aspectos legales y de libertad personal representarán un desafío increíble que sería divertido abordar".

"¿Divertido?"

"Sí. He decidido empezar a divertirme".

"Bien por ti. Entonces, ¿estás listo para viajar? ¿Empezando ahora? Necesitamos establecer algunos centros de negocios en Europa".

Pensó en Alice por unos pocos, largos segundos. Pensó en las cosas de su departamento... sus posesiones. No significaban nada. "Estoy listo. No tengo nada que me retenga aquí".

"¿Y puedes ayudar a proteger nuestros registros?"

"Mi empleo actual me ha dado una cantidad razonable de experiencia en mantener registros financieros y de otro tipo lejos de miradas indiscretas".

"Sabes que la paga será pequeña para comenzar. Estamos poniendo el dinero en el negocio".

"El pago no es importante. Estoy contando con la obtención de fichas y estoy bastante seguro de que valdrán la pena en un paquete muy rápido".

Hubo una pausa. "¿Estás seguro de que quieres ser un jugador importante en un negocio que busca activamente las áreas oscuras del derecho internacional? Lo entiendes, ¿verdad?"

"Lo he pensado mucho y sí".

"Entonces estás contratado". El suspiro de alivio que escapó de sus labios lo sorprendió. "Te enviaré un boleto electrónico y nos reuniremos en Londres en dos días. Allí tenemos una reunión de inversionistas".

"Fantástico."

"Y felicidades".

"Gracias. Haré un gran trabajo".

"Oh, lo sé. Nos trabajarás duro. Quiero felicitarte por decidir que tienes derecho a ser dueño de tí mismo".

Una súbita oleada de felicidad lo recorrió. "Gracias. Se siente fantástico", dijo.

"Entonces te veré en Londres".

Mientras colgaba, Ralph irrumpió en su oficina agitando una copia impresa. Era el informe que había archivado. "¿Qué demonios es esto, Blake? ¿Qué demonios está pasando? ¿Es esto una especie de broma?"

"Siempre dijiste que yo pertenecía a la agencia, Ralph. Acabo de reclamar el título de mi vida. Ahora soy dueño de mí mismo... para bien o para mal".

"¿Qué diablos quieres decir?"

"Todo se trata de libertad, Ralph".

"Y te enviaron a proteger la libertad de Estados Unidos".

"La verdadera libertad se trata de la propiedad, Ralph. Piénsalo. ¿A quién perteneces tú? Si el gobierno o la agencia es tu propietario, no eres realmente libre".

"Fuiste infectado por esos jodidos comunistas".

"A los comunistas no les gustan las personas libres, Ralph. Tampoco lo hace la agencia, así que estoy renunciando".

"Te arrepentirás de esto. Habrá una marca negra en tu registro".

Tyler lo dudaba mucho. "Tal vez me arrepienta, Ralph. Pero si lo hago, al menos lamentaré cometer mis propios errores, no los de una agencia sin rostro". Sacó su identificación y la deslizó sobre el escritorio. "Querrás esto".

"¿Estás renunciando ahora mismo? ¿Hoy?"

"No hay tiempo como el presente". Se levantó, sintiéndose extrañamente mareado. La sensación pasaría, por supuesto. La realidad descendería sobre él para recordarle que no había resuelto todos sus problemas, que tal vez se había hecho la vida más difícil, pero que todo estaría bien. Sería su vida difícil: la tendría para bien o para mal.

La primera tarea fue enfrentar a Alice y decirle la verdad. Necesitaba decirle que ella no era su dueña, que él no reconocía su reclamo sobre él. Él le diría que estaba empacando para irse para siempre. Sin embargo, eso se vino abajo, él iba a Londres, a su futuro. Quería echar un vistazo a la organización de la compañía y sus libros para poder ver cómo era necesario estructurar las cosas... Estaba pensando en maneras de hacer negocios internacionales a través de blockchain y mantener a la organización fuera del radar, todos los radares excepto el de inversores, clientes y acompañantes.

Había tanto para hacer, y cada parte era emocionante cuando sabías quién era tu dueño.

EL FIN

www.ingramcontent.com/pod-product-compliance
Lightning Source LLC
Chambersburg PA
CBHW020607130626
46552CB00007B/3081